U0701631

国豪诗歌

Guohao Shige Lütu Maidong

旅途脉动

宋国豪 ◎ 著

 海天出版社（中国·深圳）

图书在版编目（CIP）数据

国豪诗歌 ：旅途脉动 / 宋国豪著. — 深圳 ：海天
出版社，2014.11
ISBN 978-7-5507-1217-1

Ⅰ．①国… Ⅱ．①宋… Ⅲ．①格律诗－诗集－中国－
当代 Ⅳ．①I227.7

中国版本图书馆CIP数据核字(2014)第247748号

国豪诗歌：旅途脉动
GUOHAO SHIGE : LUTU MAIDONG

责任编辑　杨永钢
责任技编　蔡梅琴
装帧设计　线艺设计 电话:83460339

出版发行　海天出版社
地　　址　深圳市彩田南路海天综合大厦7-8层（518033）
网　　址　www.htph.com.cn
订购电话　0755-83460293（批发）　83460397（邮购）
设计制作　深圳市线艺形象设计有限公司　Tel：0755-83460339
印　　刷　深圳市希望印务有限公司
开　　本　787mm×1092mm　1/16
印　　张　11.5
字　　数　200千
版　　次　2014年11月第1版
印　　次　2014年11月第1次
定　　价　38.00元

深圳人的诗语生活

白话入诗，写出精彩。友人送我一册《国豪诗歌：旅途脉动》清样，读后如饮甘泉，精神愉悦，大有"漫道春来好，狂风大放颠"之感。不过，也不用紧张，绝不会"吹花随水去，翻却钓鱼船"。诗集作者情真意切，匠心独运，倒是令人耳目一新。

作者从生活中采撷真兴趣，题材广泛，以其人生之经历，情感之真切，抱着对艺术之赤城，用其简练幽默的语言，写出一首首充满时代气息的白话诗。字里行间翻腾的是作者蓬勃的朝气，和对社会、对世界每一份美好的惊喜礼赞。这些充满趣味和希望的诗句，不但告诉你一个个朴实温情的故事，也向你展示缤纷多彩的大千世界。

作者对劳动人民有深情的挚爱。《白衣天使》《环卫工》《赞交警》等等，以朴素的语言，写出："大爱无国界，职业世人敬。"环卫工人起早摸黑的奉献精神是："月下刷刷声，尘埃道道清。""月下"，到底是夜晚之新月下，还是凌晨之残月下？其实都有他们的身影。不管夜深人静，还是天色黎明，都听到"刷刷"声，多么形象，多么真实，多么可敬！

作者对大自然的美有由衷的歌颂。荔枝公园、西双版纳、凤凰古城，有独特的观察，细致的描画。"白鹭振羽柳枝头，鸟语花香荔枝甜。"细微之处见精神，白鹭的动，荔枝的甜，如在眼前，如在心间。国外也有美景，巴西、瑞士、曼谷、南极……美不胜收。

南非是："百花争艳好望角，卓山观光缆车行。"曼谷是："船上集市运河行，温和友善人文明。"把我们带到旅游新境界。

作者对动物世界有环保的呵护意识。如《国宝熊猫》《雄狮》《雪豹》《长颈鹿》描绘得栩栩如生，如在身边。"怒吼鸣千里，狮王抖威风。"听到了吗？一声长啸，震天动地，还不够厉害吗？"和平使者五洲行，憨态可掬大熊猫。"多加保护，已尽在不言中了。

作者对体育运动大力提倡。《青年盛会》《北京奥运》《冰坛女杰》《金牌团队》……如数家珍。"天河助威呐喊声，绿茵场上谁英雄"。诗人把自己融进去了。一齐呐喊，一齐等诗，一齐欢呼，一齐庆祝。诗言情，诗言志，正能量，可见于此。

生活，是一切文学创作的源泉。源于生活，高于生活，白话入诗，写出精彩。

这未必是一部文学艺术大作，但一定是一份诚挚的礼物，正如作者所说："在创作过程中，当我拿起笔时，那些飞雪云雾般的灵感就自动涌向我的笔尖，都市的脉动，乡村的古朴，走过的人生都融入在大自然里，使我变得波澜起伏，思绪万千。由此，我把天下的美、我的旅途人生都一一呈现给喜欢诗歌的朋友。"

"演绎精彩人生，书写大千世界！"

这就是《国豪诗歌：旅途脉动》，不一样的表述，同一样的精彩！

白 云

目 录

巅峰竞技
之体育篇

青春无悔
之人物篇

浮光掠影
之 风光篇

巅峰竞技 之 体育篇

国 / 豪 / 诗 / 歌 / 旅途脉动

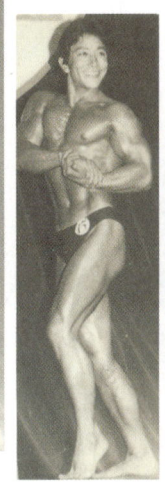

笔者在1987年第一届中国健美锦标赛上的英姿。

健美赛台

体魄古铜肌肤亮，英俊潇洒威猛壮。

对手碰面言友谊，谈笑从容豪情放。

霸王舞步乐跟随，自由演艺旋流畅。

鬼斧神工活雕塑，健美赛台试比强。

青年盛会

绿树苍翠鹏城净，喜迎五洲大学生。

春茧开幕激情热，火炬点燃刘翔风。

志愿口号跟我来，一张笑脸UU名。

盛会推开海之门，精彩大运汇鹏城。

2011年8月7日，第26届世界大学生夏季运动会城市火炬传递在深圳举行。

北京奥运

体育盛会鸟巢观，开幕宏大展新篇。

会徽图案京缩影，演艺华夏五千年。

祥云火炬五洲照，福娃吉祥天下传。

奖牌嵌玉有深意，奥运梦想北京圆。

　　2008年北京奥运会，也就是第29届夏季奥林匹克运动会，于2008年8月8日20时在中华人民共和国首都北京国家体育场鸟巢开幕，并于2008年8月24日闭幕。

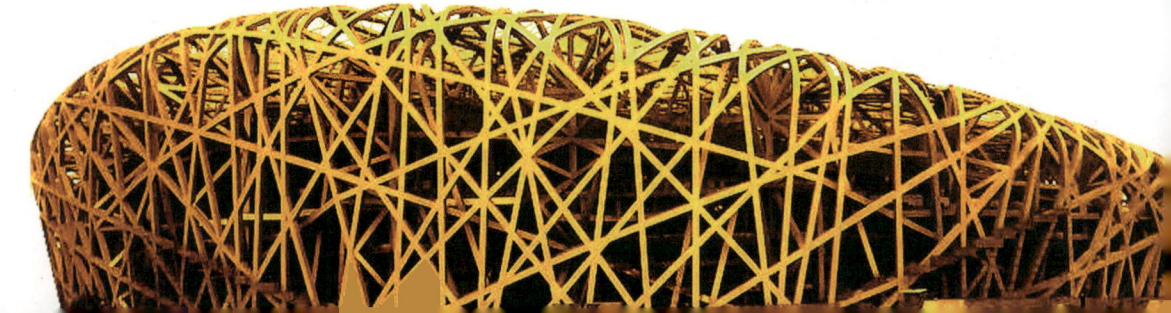

金牌团队

腾跃跳马似钉站，

平衡木上串空翻。

十字倒挂真给力，

手舞鞍马环中旋。

单杠飞形双杠险，

高低杠中技巧连。

跟头高飘自由操，

男女团体金牌圆。

王者之师

斗智斗勇接发球，中国健儿技最优。

运筹帷幄教练队，金牌蝉联占鳌头。

打法创新是根本，团队精神永不丢。

体坛赛事传友谊，乒乓外交美名留。

　　乒乓球是中华人民共和国国球，特别适合喜欢健身的人。

冰坛女杰

一姐出征对手寒，

冬奥金牌均蝉联。

风云人物王蒙俏，

英姿霸气傲冰坛。

———————

王蒙成为中国首位卫冕成功的冬奥会冠军。

羽坛巨星

挥拍防守严，

进攻打赛点。

羽坛大满贯，

无敌超级丹。

———————

林丹被广大
球迷称为"超级
丹"。林丹被公
认为同时代实力
最强的羽毛球运
动员。

亚洲飞人

英杰东方郎，

奔跑似飞翔。

奥运惊世界，

雅典创辉煌。

刘翔是中国田径史上里程碑式的人物，在2004年雅典奥运会上以12.91秒的成绩追平了保持11年的世界纪录。

足球夺冠

天河助威呐喊声，

绿茵场上谁英雄。

亚冠联赛争霸战，

恒大问鼎誉尊荣。

———————

中国足球队广州
恒大夺得2013赛季亚洲
足球俱乐部冠军联赛冠
军。

澳网夺冠

球技数年修，
体坛尽风流。
澳网大满贯，
金花绽五洲。

———————

　　李娜，中国
女子网球运动员，
亚洲第一位大满贯
单打冠军得主，亚
洲第一位世界排名
前二的网球单打选
手。

拳坛骄子

金光决战博彩城，

拳力向前邹市明。

奥运夺冠是往事，

职业亮剑王者风。

邹市明，奥运冠军，2013年4月7日，职业首战轻松获胜。2013年11月24日，获得职业生涯三连胜。

超越梦想

劈波斩浪无阻挡，
奥运拼搏为梦想。
泳姿潇洒帅孙杨，
诗文决战身手靓。
黄金赛道拼后勇，
世界纪录再新创。
四百水路风浪起，
双双夺冠美名扬。

───────

　　2012年伦敦奥运会上，孙杨和叶诗文分别获得男子400米和女子400米自由泳冠军。

斯诺克

绅士运动看桌球，

机关算尽比智谋。

出杆潇洒丁俊晖，

少年英雄竞风流。

斯诺克的意思是
"阻碍、障碍"，所以
斯诺克台球有时也被称
为"障碍台球"。

NBA篮球

明星碰撞玩球技，飞身灌篮空接力。

挡拆反跑走底线，突破上篮二加一。

助攻传递打配合，恶意犯规给个T。

三分远投准绝杀，全场高喊MVP。

NBA即美国职业篮球联赛，简称"美职篮"。

冰舞

文化艺术巧融和，
刀锋神韵展莺歌。
优美旋跳幻如梦，
激情飞扬舞冰河。

水中芭蕾

腾跃身姿炫，

足舞浪花尖。

演绎梦幻美，

水中放妖艳。

———

　　花样游泳有"水中芭蕾"之称。花样游泳是一项具有艺术性的优雅的体育运动。

芭蕾舞

心随脚步舞纷飞，天使容颜足尖美。

青春旋律最动听，高雅艺术人陶醉。

天鹅湖曲梦中缠，尽情绽放春无悔。

永浴爱河乐畅欢，悠然舞姿美芭蕾。

青春无悔 之 人物篇

国/豪/诗/歌/旅途脉动

绝唱

歌旅生涯邓丽君，

清音美妙花缤纷。

千古绝唱无人及，

柔情似水传至今。

———

邓丽君作为唯一一位亚洲歌手写入《百年歌坛巨星》一书。

民族声乐家——蒋大为

牡丹之歌进万家，路在何方走天涯。

长鞭一甩啪啪响，如今都是好年华。

骏马奔驰保边疆，最美赞歌唱妈妈。

桃花盛开伴君行，北国之春艳樱花。

央视青歌赛

美声唱法五洲行，

华彩乐章国人情。

草根释放听天籁，

流行歌曲唱光明。

明星评委亮耀眼，

点评嘉宾语言精。

试唱练耳考音准，

艺术全面赛获胜。

青歌赛即CCTV青年歌手电视大奖赛，是引领和推动中国声乐事业发展繁荣的重要平台。

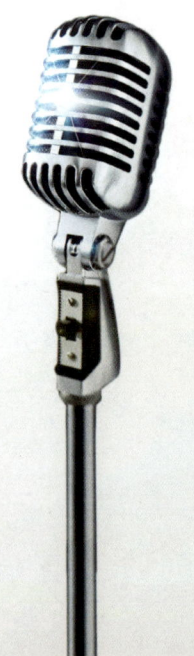

艺术人生

名人访谈时代音，
点亮生命切又亲。
回眸往事言真谛，
朱军主持贴民心。

《艺术人生》是用艺术点亮生命，用情感温暖人心，探讨人生真谛，感悟艺术精神。

锵锵三人行

细言真谛说民情，

直逼现实三人行。

子东文道谈经典，

轻松风趣做嘉宾。

天下时事明道理，

华夏子孙静聆听。

文涛主持有特点，

金话筒奖不虚名。

———————

《锵锵三人行》是凤凰卫视出品的谈话类节目。

星光大道

老毕主持幽默说，

凤凰传奇共唱和。

歌声嘹亮是阿宝，

新人辈出大衣哥。

杨光模仿惊四座，

二妮亮嗓晒民歌。

宏达点评有特点，

星光大道创先河。

《星光大道》是表演形式以唱歌为主，为大众提供展现才艺的舞台的一类节目。

环卫工

月下刷刷声，
尘埃道道清。
寒风催天晚，
一夜大城新。

———————

他们正为人
们装扮着一个个
崭新的黎明。

园林工

勤修树枯枝，

花卉多培植。

城乡绿化美，

园林如锦织。

计程车司机

招手即停的士车，

风霜雨雪载乘客。

昼夜穿梭城乡里，

苦中有乐一路歌。

赞交警

手语潇洒警风范，

春夏秋冬岗位站。

指挥疏导尽耐心，

道路畅通顺君愿。

处理事故时时在，

严查醉驾夜夜晚。

节日出警是常态，

交警光辉人称赞。

白衣天使

天使护士称，
耐心守生命。
大爱无国界，
职业世人敬。

知己

鹏城遇知己，

博学尽话题。

诗文书百篇，

友情金无比。

紫嫣在阅读。

孔子

春风化雨诗文洒，

桃李芬芳誉天下。

呕心沥血蜡炬尽，

鞠躬尽瘁教育家。

————

孔子是中华民族最有影响力的教育家之一。

浮光掠影 之 风光篇

国 / 豪 / 诗 / 歌 / 旅途脉动

韩国

韩式料理辣泡菜，三星电子全球卖。

美容整形技术好，总统官邸青瓦台。

情感影视看纠纷，景福宫殿皇家脉。

首尔奏响奥运曲，手拉手歌释情怀。

双子塔

眺望双子厦，
天门空中架。
举世创闻名，
独具匠心塔。

———————

　　吉隆坡的双
子塔是吉隆坡的
标志性城市景观
之一。

美国纽约

中央公园市政建，

自由女神头戴冠。

金融乐园华尔街，

格林尼治村百年。

艺术剧院百老汇，

纽大都会博物馆。

商业中心曼哈顿，

一望无际纽约湾。

　　纽约是美国第一大
城市，也是北美洲第一
大城市。

天使之城

星光大道手印迹，
篮球巨星帅科比。
影视基地好莱坞，
国际明星众云集。
高档购物天使城，
唐人街巷华人居。
连绵喜庆嘉年华，
梦幻夜色洛杉矶。

———————

洛杉矶被称为
"天使之城"。

英国伦敦

白金汉宫住君王，泰晤士河美画廊。

浑厚悠扬大本钟，升降塔桥艺术创。

大英人文博物馆，剑桥牛津高学堂。

宏伟建筑温莎堡，百年文明创辉煌。

伦敦是欧洲最大城市，也是全球最繁华的城市之一。

法国巴黎

浪漫红酒法盛宴，
埃菲铁塔夜景炫。
百万珍宝卢浮宫，
圣母院内祈平安。
凯旋门·雄壮观，
艺术之都服装艳。
香水芳芳塞纳河，
凡尔赛宫御花园。

　　埃菲尔铁塔是法国
的一个重要景点和突出
标志。

印度

千牛散步城中行，象背载人街上景。

电影产业是骄傲，述说爱情泰姬陵。

咖喱饭·杜里鸡，克久拉霍印缩影。

古代文明发祥地，歌舞奔放永传情。

意大利

永恒罗马竞技场，

宏伟米兰大教堂。

世界遗产它众多，

文化复兴映辉煌。

足球联赛意甲热，

威尼斯城水画廊。

比萨斜塔世遗产，

浪漫广场鸽飞翔。

奔放俄罗斯

地铁站靓美画廊，

圣瓦西里大教堂。

克里姆林宫庭院，

冬宫百万珍宝藏。

红场雄伟世遗产，

军队阅兵头高昂。

伏尔加河三套车，

俄国文化最奔放。

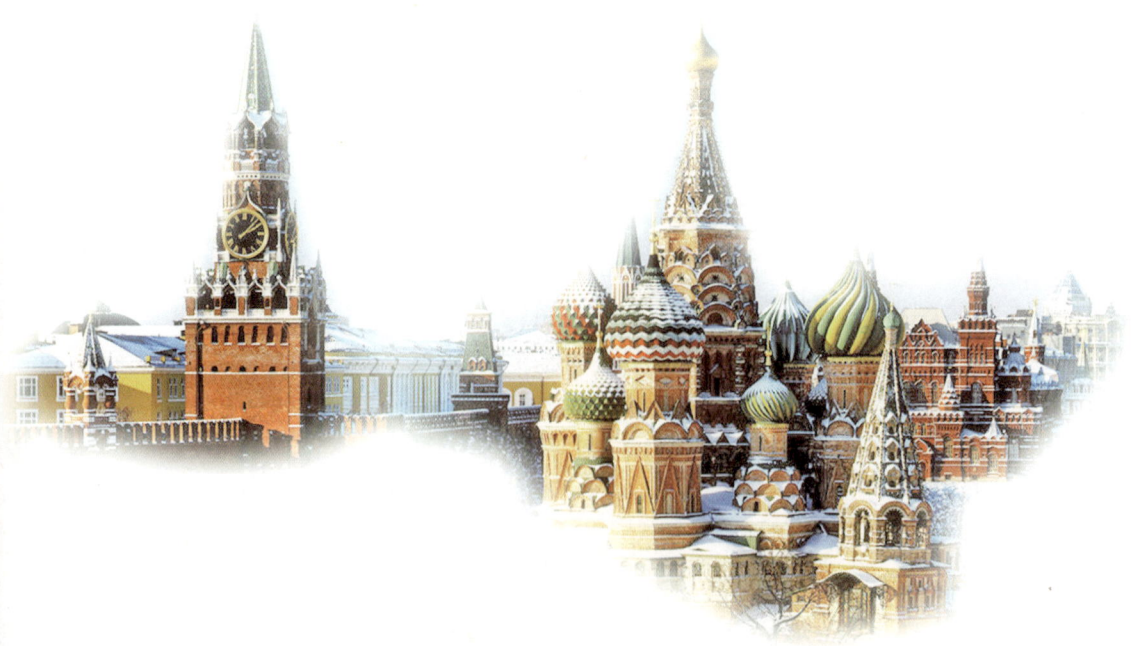

悉尼

蓝天白云空气鲜，

劳拉袋鼠澳家园。

海港铁桥设计美，

浪漫风情金沙滩。

秀色可餐大龙虾，

伊丽莎白街景绚。

乘船游览悉尼港，

艺术殿堂歌剧院。

日本

童话美景富士山，

上野公园樱花艳。

日产汽车全球行，

电子科技它领先。

生食海鲜饮青酒，

东京购物娱乐圈。

大阪建筑故乡情，

京都文化展家园。

———————

富士山是日本第一
大高峰。

古巴

盛产蔗糖鲜对虾，

拳击运动很潇洒。

驰名世界雪茄烟，

艺术之都哈瓦那。

雪茄就是用经过风
干、发酵、老化后的原
块烟叶卷制出来的纯天
然烟草制品。

德国

莱茵河畔演艺忙，时间观念它最强。

国会大厦倡和平，汽车产业换新装。

入口超爽德啤酒，面包美味烤香肠。

巍峨勃兰登堡门，雄伟科隆大教堂。

新西兰

帆船之都奥克兰，毛利文化伊甸园。

海上风帆云五彩，十人拥有一艘船。

独树山上邀明月，帕奈尔街精品店。

萤火虫洞观繁星，火山口眺蓝海湾。

　　新西兰是大洋洲最美丽的国家之一，拥有数百座自然保护区和生态区。奥克兰是新西兰在北岛最大的城市，被称为"帆之都"。

新加坡

花园城市言文明，

狮头鱼尾新象征。

享誉世界垒淘沙，

金融航运留美名。

巴西风光

特产咖啡人悠闲，桑巴热舞超狂欢。

足球运动国民热，科尔瓦多基督观。

火辣女郎比基尼，热带风情白沙湾。

面包山上观美景，南美之旅巴西间。

　　救世基督像是一座装饰艺术风格的大型耶稣基督雕像，也是世界最闻名的纪念雕塑之一。

瑞士风光

和平之都日内瓦，国际组织百余家。

滑雪胜地度假营，阿尔卑斯雪绒花。

驰名世界瑞钟表，莱蒙湖畔鸟啄虾。

多元文化尽荟萃，瑞士风光美如画。

———————

瑞士是全球最富裕、经济最发达和生活水准最高的国家之一。

曼谷风情

船上集市运河行，温和友善人文明。

度假胜地普吉岛，海鲜美食香料烹。

尚武精神泰搏击，寺院众多曼谷称。

百年建筑映辉煌，天使之城誉美名。

"曼谷"是泰国首都，泰国最大城市。

游在南非

彩虹之国热季风，

黄金高产誉美名。

欧洲风范开普敦，

多元文化大家庭。

鲨鱼捕食斑海豹，

动物乐园展野性。

百花争艳好望角，

卓山观光缆车行。

———

　　南非地处南半球，有"彩虹之国"的美誉。

古埃及

狮身人面为象征，

金字塔墓帝王陵。

盖世珍宝金面具，

亚历山大文化城。

航运繁忙苏伊士，

尼罗河水开罗行。

悠久历史数千年，

天文史学创发明。

————

古埃及是四大文明
古国之一。

特区深圳

移民城市人千万，
深港两地路口岸。
绚丽夜色美鹏城，
现代都市深圳湾。
城中村房建市区，
小平阔步莲花山。
梅沙踏浪热风情，
世界之窗特区观。

深圳为中国的经济
特区、全国性经济中心
城市和国际化城市。

叹高楼

五步一楼赛高层，

造型各异展特征。

雄伟建筑惊赞叹，

京基一百在登峰。

　　京基一百楼高
441.8米，共100层，是
目前深圳第一高楼、
中国内地第三高楼、
全球第八高楼。

主题公园

梧桐山脉美大鹏，岭南文化欧陆风。

主题公园阔手笔，人与自然共联营。

生态乐园三峡谷，休闲健身梅沙情。

水孕禅茶天籁音，深圳东部华侨城。

　　东部华侨城将带给你一个生态、动感、纯粹的户外探险运动度假之旅。

荔枝公园

绿树蕙茏镜湖畔，波光楼影映眼帘。

垂钓放歌诗画廊，和清茶苑品茶轩。

白鹭振羽柳枝头，鸟语花香荔枝甜。

小平广场民乐舞，漫夜桥下嬉彩船。

印象北京

名胜古迹胡同多，

天桥吆喝唱新歌。

冰糖葫芦串串红，

煎饼果子人力车。

渴了喝口大碗茶，

烤鸭美食全聚德。

鸟巢立方奥运情，

京剧国粹首都热。

冰糖葫芦是老北京
的回忆。

羊城广州

交通枢纽商口岸，
孙文故居楼庭院。
烧鹅美味粤早茶，
黄埔军魂刻岭南。
宏伟靓丽广州塔，
羊城一秀白云山。
南越王墓观彩绘，
人文花城珠江畔。

广东珠海

人居环境范例城，自然和谐誉美名。

国际赛车航空展，花园城市立海滨。

情侣大道静幽雅，圆明新园中华情。

珠海渔女貌貌美，梦幻百岛鸟争鸣。

珠海生态环境优美，山水相间，陆岛相望，气候宜人。

游昆明

创库艺术特色游，春城赏花无所求。

金马碧鸡悠牌坊，波光翠湖红嘴鸥。

多依河畔歌传情，远望西山大观楼。

东川红土美如画，石林胜景亿年修。

广西北海

南珠极品踏银滩，

老街漫步往事观。

蓬莱仙境涠洲岛，

跨海一游下龙湾。

———

我国唯一建在少
数民族自治区的国家级
旅游度假区，中国第一
滩。

敦煌

沙滑似锦缎，碧水月牙泉。

五色鸣沙丘，大漠戈壁滩。

奇迹莫高窟，壁画文明展。

汉代古长城，烽燧玉门关。

———————

敦煌因曾经的辉煌和博大精深的
文化内涵而闻名于世。

古都开封

七朝都会建开封，宋元明清展特征。

历史悠久相国寺，清明上河园文明。

天波杨府观北宋，翰园碑林书画兴。

开封府御明断案，铁面无私黑包拯。

开封是沿黄河"三点一线"黄金旅游线路三大
中心城市之一。

南京

六朝古都争王权，国民时期总统办。

十里珠帘秦淮河，夫子庙内纪孔殿。

阅江楼·长江险，南京大桥往事观。

黄昏一览玄武湖，中山陵前追思念。

南京有"六朝古都""十朝都会"之称，是中华文明的重要发祥地。

云南大理

茶花之乡田园风，大理三塔是象征。

蜻蜓点水蝴蝶泉，苍山玉带十九峰。

洱海三岛美如画，喜洲民居白族城。

文献名邦称大理，金花阿妹歌传情。

大理以蝴蝶泉、苍山、洱海、大理古城、崇圣寺三塔等景点最有代表性。

漓江

锦绣百里画卷长，九马画山谁猜想。

古东瀑布彩红叶，兴坪渔村雕花廊。

鸬鹚觅食不为己，碧波渔火竹筏放。

冠岩地河仙溶洞，山光水色美漓江。

———

秋游桂林漓江百里画卷。

丽江

茶马古道丽江行，白沙壁画古文明。

湿地鸟鸣拉市海，玉龙雪山秀美名。

虎跳峡滩惊凶险，木王府殿气势宏。

东河古镇纳西美，小溪流水街纵横。

丽江自古以来是丝绸之路和茶马古道的中转站。

西双版纳

热带雨林物宝藏，傣家竹楼孔雀靓。

上签祈福曼阁寺，版纳佛风香火旺。

欢聚一堂泼水节，曼听公园百花放。

橄榄坝上眺晚霞，原始森林观野象。

西双版纳泼水节是傣族一年一度的传统节日。

凤凰古城

远眺雾里似船头，近观江筑吊脚楼。

青石凹凸幽古径，风雨桥下荡篷舟。

小镇歌谣妙回声，百年边城仙悠悠。

浓墨浅彩沱江美，意犹未尽梦思游。

———————

凤凰古城是一座国家历史文化名城。

春游无锡

蠡园春色五花放，
锡惠二泉海棠香。
鼋头渚堤樱花美，
领略太湖目春光。
宜兴竹海观陶都，
惠山泥人工艺强。
贯穿城区古运河，
灵山胜景佛手掌。

无锡自古就是鱼米之乡。

秋游苏州

秋月风韵荡篷舟，水巷小桥枕河流。

江南评弹妙回声，寒山古刹观虎丘。

留园典雅曲通幽，闻名天下苏州绣。

阳澄湖上农家乐，蟹鲜瓜绿醉酒楼。

———————

苏州刺绣是汉族优秀的民族传统工艺之一。

济南一游

日月星空五龙潭，

趵突腾空第一泉。

大明荷花风光美，

齐鲁文化千佛山。

———————

趵突泉是泉城济南的象征与标志。

武夷山

晴空月色天游峰，
筏行溪流九曲中。
灵韵沁心大红袍，
金湖风光武夷宫。

———
　　武夷山是中国著
名的风景旅游区和避暑
胜地。

山东曲阜

东方圣地孔孟园，
儒教文化学无边。
薇湖盛夏风光美，
沂蒙小调绕山间。

　　曲阜是中国古代伟大的思想家、教育家、儒家学派创始人孔子的故乡。

武当山

天下仙山云峰绕，

尚武飘逸剑出鞘。

榔梅宫观太子坡，

道场境地乐逍遥。

武当山山势雄伟，是天下第一仙山，自古以来是道家追求仙境的理想之地。（榔梅是武当山特有的一种仙果）

庐山情

秀峰鹤鸣奇山观，三叠瀑布第一泉。

园林古朴展特色，怪石飞来落九天。

美庐官邸回往事，鹊桥断崖天地间。

魂牵梦萦此山情，避暑胜地庐山恋。

庐山以雄、奇、险、秀闻名于世。

新疆美

天山脚下大新疆，物产丰富多矿藏。

和田宝玉它特征，瓜果之乡美名扬。

眼睛大·辫子长，民族歌舞她最洋。

脆香烧烤羊肉串，伊利美酒飘芬芳。

和田玉是中华民族文化宝库中的珍贵遗产和艺术瑰宝，具有极其深厚的文化底蕴。

大连风光

胜地海洋金石滩，滨城贝壳博物馆。

国际服装嘉年华，有轨电车城中转。

海洋极地观生灵，旅顺港口纪念园。

靓女骑警媚英姿，浪漫之都美大连。

大连女骑警队成立于1994年12月，是世界第一支成编制的女子骑警队。

看唐山

矿产丰富滦河畔，北方瓷都沧海田。

近代工业发源地，大城腾飞曹妃甸。

评剧故乡花为媒，人文历史纪念园。

湿地林绿鸟欢唱，渤海之滨新唐山。

唐山市新区是唐山市大地震后兴建的新型城区。

魅力长春

碧波荡漾净月潭，

北国风光演春城。

有轨公交行市区，

长春电影尊摇篮。

亚冬盛会迎宾客，

伪满皇宫往事观。

引领华夏汽车城，

航天英雄世人赞。

游沈阳

盛京故宫满族房，南关天主大教堂。

争奇斗艳玫瑰地，关东秧歌彩带长。

刘老根·大舞台，美妙乡音远近扬。

奥体中心球呐喊，老边饺子雪花香。

玫瑰园因沈阳的市花是玫瑰而建，荟萃全球
3000多个玫瑰品种，是世界上品种最丰富的玫瑰
园。

冬捕一景

松湖冰面披霞光，

马拉纤绳号子响。

水花四溅万尾鱼，

暮色丰盈鳞满仓。

―――――――

　　来到千里冰封的查
干湖上，亲眼目睹了冬
季捕鱼的壮观景象。

长白山脉

长白山下满故乡，
春日西坡花海洋。
千年积雪万年柏，
天地哺育三江长。
怪石幽谷涧水秀，
关东小调山回荡。
人参貂狸野鹿跑，
瀑布轰鸣大合唱。

长白山是我国十大
名山之一，并与五岳齐
名，风光秀丽、景色迷
人的关东第一山。

大兴安岭

物种丰富绿宝藏，
金秋时节五花放。
马背狩猎鄂伦春，
林海雪原嵌北疆。

———————
大兴安岭是内蒙古
高原与松辽平原的分水
岭。

福建泉州

老君造像清源山，开元寺内双塔观。

天后宫殿妈祖庙，东街肉粽美味鲜。

状元巷市古牌坊，弘一法师尊胜院。

提线木偶锦绣庄，九日山上望中原。

———————

　　泉州东街钟楼肉粽是泉州最有特色的小吃，最具有独特之秘。

古都洛阳

金枝玉叶宫廷宴，

龙门石窟奇迹观。

国色天香牡丹美，

华夏文化看中原。

嵩山少林佛圣地，

关林白园老君山。

十三王朝建洛阳，

白马钟声鸣万年。

―――――――

　　洛阳是十三朝古
都，有"千年帝都，牡
丹花城"的美誉。

少林寺

境地山门众敬仰，中华武术传四方。

以武会友畅文明，强身健体重修养。

功夫小子救君王，十三棍僧美名扬。

英雄豪杰出少林，千年古刹映辉煌。

———————

　　少林寺，世界著名的佛教寺院，少林武术发源地。

百年山西

云冈石窟展奇观，黄河孕育美洛川。

悬空禅寺嵌峭壁，紫越古刹坐恒山。

魂牵梦绕大槐树，汾酒飘香刀削面。

晋中人文史悠久，纵横商海五百年。

　　山西被誉为"华夏文明摇篮"，素有"中国古代文化博物馆"之称。

烟台

八仙过海天下传，长岛居民真神仙。

海市蜃楼奇幻美，苹果之乡樱桃甜。

品食海鲜烟台行，蓬莱仙境胶州湾。

百年陈酿张裕酒，碧波万顷金沙滩。

烟台大樱桃是春季上市最早的果品，故有"春果第一枝"的美称。

风筝情

百蝶闹春迎宾朋，
蓝天五彩放飞情。
一丝纤绳系潍坊，
风筝之都古文明。

潍坊国际风筝节是
一年一度的国际风筝盛
会。

山东青岛

蓝天碧海红瓦房，

万国建筑沙滩亮。

跨海大桥似蛟龙，

海底隧道胶州畅。

千姿崂山风景秀，

青岛啤酒入口爽。

五四广场燃火炬，

奥帆中心船起航。

———————

　　青岛被誉为"中国品牌之都""世界啤酒之城"。

人文绍兴

花雕陈酿飘芳香，沉鱼落雁西施像。

绍兴才子文笔好，名人故里鲁迅乡。

沈园陆涛钗头凤，八字桥头枕河床。

百丈飞瀑彩舟过，兰亭风雅美名扬。

———————

绍兴素称"文物之邦、鱼米之乡"。

人间天堂

春花织锦美盛收，

鱼米之乡彩丝绸。

京杭运河古文明，

龙井茶香飘九州。

西湖夜色月光美，

沿堤柳浪情风流。

灵隐寺内求上签，

人间天堂在杭州。

杭州西湖位于浙
江省杭州市西部，江
南三大明湖之一，世
界文化遗产。

大武汉

龟山回眸看江山，长江三镇大武汉。

辛亥运动首义城，汉正街道悠百年。

江滩广场夜色美，听涛落雁东湖畔。

跨江大桥展雄姿，黄鹤楼阁白云间。

武汉建城已有3500年，是中国历史上建城最为悠久的特大城市之一。

冰城哈尔滨

银装素裹童话城，马拉爬犁雪上行。

晶莹剔透冰舞彩，纷飞瑞雪压劲松。

享誉神州太阳岛，松花江上玩雪冬。

回眸往事马迭尔，中央大街欧陆风。

哈尔滨地处东北亚中心位置，被誉为欧亚大陆桥的明珠。

吉林市

盛夏避暑松湖畔，半城江水一城山。

能歌善舞朝鲜族，书法文化传百年。

陨石之最落吉林，滑雪游览玩冬天。

满族风情有特色，美景雾凇市名片。

　　吉林是中国大城市之一，是著名的"汽车城""电影城""文化城""森林城"和"雕塑城"。

古城西安

王者之都看西安，城墙雄姿千余年。

唐风足迹大雁塔，法门寺殿太白山。

传奇色彩华清池，钟楼碑林博物馆。

举世闻名兵马俑，乾陵演艺武则天。

西安是中华文明和中华民族重要发祥地，丝绸之路的起点。

说天津

风趣逗哏天津话，曲艺传承出名家。

津城美食狗不理，酥脆香甜大麻花。

五道建筑欧特色，洋房故居静优雅。

渤海新区大手笔，海河一游玩潇洒。

　　天津是海河之畔的一颗渤海明珠，这座中国北方第一大港口，既带有西方殖民时代的烙印，又饱含传统的中华民俗。

看上海

灯红酒绿上海滩，风花雪月小弄间。

和平饭店老锦江，独领风骚时过迁。

浦江两岸画卷秀，金融中心它领先。

世界博览看东方，申城建筑美奇观。

上海是中国的经济、金融中心，繁荣的国际大都市。

河北保定

空中草原花争艳，壮士清名狼牙山。

虎嘴天桥野三坡，直隶总督历史观。

太行山下清西陵，烽火演义军魂展。

水光天色白洋淀，驴肉火烧天下鲜。

驴肉火烧是河北保定著名小吃。

四川宜宾

蜀南竹海鸟争鸣，万里长江第一城。

流杯池园做峡谷，卧虎藏龙影视棚。

僰人悬棺葬山崖，龙华古镇禹王宫。

李庄老街旋螺殿，五粮酒业扬美名。

电影《卧虎藏龙》就是在四川宜宾蜀南竹海里拍摄的。

印象成都

天府之地富一方，熊猫故乡美名扬。

宏大水利都江堰，川剧变脸艺术乡。

三国蜀汉蓉城舞，历史演义它影响。

美食享誉国内外，巴蜀茶浓分外香。

成都自古就有"天府之国"的美誉。

九寨沟

层林尽染海斑斓，钙化滩流光耀眼。

瑶池玉盆梦幻美，人间仙境童话卷。

险峭峻拔雪皑皑，银峰玉柱直蓝天。

五颜六色锦延秀，九寨归来水不观。

　　地下水富含大量的碳酸钙质，湖底、湖堤、湖畔水边均可见乳白色碳酸钙形成的结晶体，属高山深谷碳酸盐堰塞地貌。

四川黄龙

金沙铺地钙华滩，

飞瀑流辉龙脊间。

层叠梯湖池五彩，

云峡宝顶媚雪山。

四川黄龙作为"世界自然遗产"列入《世界遗产名录》。

峨眉山

双峰缥缈雾画间，

飞泻瀑布溅涌泉。

精灵嬉戏群猕猴，

云海圣灯展奇观。

金顶佛光映日出，

万年古刹雄庄严。

秀丽川山佛教地，

雨丝露露峨眉山。

———————

峨眉山地势陡峭，
风景秀丽，有"秀甲天
下"之美誉。

山城重庆

火锅料理麻辣香，雾都美人爱红妆。

万家灯火看重庆，山城夜色绚辉煌。

航运码头朝天门，白象街区名人堂。

商贸热地磁器口，西部开发民富强。

重庆，简称巴、渝，别称山城、渝都、雾都、桥都。

游岳阳

屈原祠附汨罗江，龙舟文化它故乡。

张谷英村文明古，岳阳楼阁诗歌长。

银针迎宾湘情重，君山胜景金龟王。

鱼米之乡洞庭水，烟波浩渺芦苇乡。

岳阳楼位于湖南岳阳西门城头，紧靠洞庭湖畔。

承德避暑山庄

八庙楼宇山峦间，群寺环绕黄家院。

数年精修惊艳起，古典建筑避暑庄。

烟波致爽寝宫内，规模宏大孰敢攀？

小浪拍堤声悦耳，天然湖泊棒槌山。

承德避暑山庄是中国古代帝王宫苑。

秦皇岛

皇帝称号地名尊，

雄关险峻一夫当。

北戴河边避暑去，

沙暖潮平浪不喧。

———————

秦皇岛因秦始皇求
仙驻跸而得名。

黄山美景

傲立苍翠迎客松，梦幻峡谷态从容。

层峦叠峰云中画，猴子观海坐山峰。

光明顶·旭日升，自然馈赠晚霞明。

桃源仙境浴温泉，金龟远眺海云风。

"五岳归来不看山，黄山归来不看岳"。

华山

天险一路昔日称，如今缆车山上行。

东峰旭日迎朝阳，落雁南飞入仙境。

云台北脉一独秀，西峰莲花苍龙岭。

玉女灵峰唱春秋，华山祈福签最灵。

华山古称"西岳"，为中国著名的五岳之一。

泰山情

御道登山一路行，千年文化它缩影。

封禅祭奠敬泰山，秀峰晨光露峥嵘。

五岳之首群山小，旭日东升天地红。

黄河霞光金玉带，夕阳胜景情更浓。

———

泰山一直有"五岳独尊"的美誉。

桂林山水

王城一游独秀峰，象鼻花园枕江中。

两江四湖靓双塔，芦笛岩秀水晶宫。

文物宝库叠彩山，伏波山上观胜景。

悦耳民歌刘三姐，七星公园驼铃声。

桂林山水甲天下。

九华山

老街古韵僧俗巷，东崖禅寺作山梁。

茶佛一味润清心，应身菩萨金身像。

五溪山色追日月，化成晚钟鸣四方。

尽显佛光天台寺，九华胜景香火旺。

　　九华山是安徽省三大名山（黄山、九华山、天柱山）之一。

美在贵州

万峰林海深叶茂，果树瀑布尽骄傲。

芦笙歌舞迎宾朋，苗族织锦花饰俏。

吊脚楼边群山绕，溪流峡谷今妖娆。

山清水秀如画中，茅台浓香国字号。

黄果树瀑布，即黄果树大瀑布，是世界著名大瀑布之一。

秀丽银川

回族风情沙湖畔，艺术长廊贺兰山。

宏大南关清真寺，海宝塔佛都寺院。

西夏王陵金字塔，承天寺内五佛殿。

银川西部影视城，塞上明珠比江南。

　　银川是历史悠久的塞上古城，史上西夏王朝的首都。

重游延安

民俗风采南泥湾，安塞腰鼓黄米饭。

圣地延安又重游，情有独钟宝塔山。

雄伟庄严黄帝陵，剪纸之乡花妖艳。

壶口瀑布狮子吼，吼出绿洲美洛川。

———————

延安是中华民族圣地、中国革命圣地。

呼伦贝尔

松嫩富饶绿地毯，洁白毡房升炊烟。

野花遍地盛夏美，田园牧歌比蜜甜。

牛羊成群马嘶鸣，雄鹰翱翔云海间。

呼伦贝尔赞故乡，额尔古纳河思恋。

呼伦贝尔大草原有"牧草王国"之称。

海上花园厦门

琴声乐耳听涛轩，洋房人文御花园。

民族英雄郑成功，日光岩顶望台湾。

品食海鲜环岛路，集美学府华侨建。

上香祈福南普陀，老式别墅咖啡馆。

厦门是现代化国际性港口风景旅游城市。

三亚风情

热带风情亚龙湾，
诗尼娅服色彩艳。
锦延金沙椰枫林，
天涯海角示爱宣。

　　三亚是中国最南部
的热带滨海旅游城市。

古韵乌镇

枕河荡篷舟，

紫嫣坐船头。

古韵妙回声，

水乡吊脚楼。

碧波似宣纸，

彩桨美画轴。

石桥映明月，

君在画中游。

乌镇是典型的江南水乡古镇，有"鱼米之乡，丝绸之府"之称。

瘦西湖

三月烟雨凉花香，
娇媚多姿彩舟荡。
魂牵梦萦恋虹桥，
长堤柳绿醉风光。

———————

瘦西湖有"湖上蓬莱"之称。

游兰州

羊皮筏子赛军舰，银滩大桥夜色玄。

黄河母亲子孙敬，牛肉拉面美味鲜。

提岸水车古文明，中山铁桥行百年。

太平鼓舞震天响，迎宾长廊金城滩。

兰州水车历史悠久，外形奇特，起源于明朝，是兰州市古代黄河沿岸最古老的提灌工具。

张家界

仙境灵山土家城，新娘出嫁哭婚情。

地下魔宫黄龙洞，云风缠绕索溪行。

枫叶长廊魅金秋，雪花雾凇冰胜景。

缆车一游看江山，锦绣峰林扬美名。

张家界国家森林公园是中国第一个国家森林公园。

美丽家园

灵秀北角宝马山，园区装潢高典范。

出行环游巴士车，美容健身泳池蓝。

绿树蕙翠鸟争鸣，不出小区可就餐。

儿童乐园阅览室，安保设施服务全。

————————

宝马山是一个位于香港北角的半山。

游在三峡

长江风光三峡险，

巴子别都鬼门关。

诗文荟萃白帝城，

青龙瀑布美言传。

文碑刻书张飞庙，

瞿塘峡壁雄壮观。

巧夺天工石宝寨，

天坑地缝亚峡山。

三峡风光，美不胜收。

镜泊湖

一颗明珠嵌北疆，堰塞碧波尽沧桑。

霞光树影鱼戏水，醉秋时节五花放。

瀑布相间跃飞人，叶满湖畔稻花香。

原始天然江山秀，镜泊胜景久难忘。

镜泊湖是中国最大、世界第二大高山堰塞湖。

坝上草原

平畴千里遍地花，聆听百鸟比喧哗。

野果飘香彩枫林，百花坡上观大夏。

木兰围场晚霞秀，牛羊好似珍珠撒。

碧水潺潺鸭戏水，坝山草原美油画。

坝上草原是理想的绿色健康旅游休闲胜地。

香港

时尚之都香江畔，

维多利亚夜色炫。

铜锣湾巷游购物，

沙田赛马试比先。

市民生活节奏快，

名人居住浅水湾。

主题乐园迪士尼，

海洋公园观表演。

澳门

东方赌城游乐场，
彩色建筑欧风光。
中西文化共交融，
葡京酒店博濠江。

澳门是一个国际自
由港，是世界人口密度
最高的地区之一，也是
世界四大赌城之一。

宝岛台湾

士林夜市口舌尖，绿岛瓜果比蜜甜。

宏伟建筑一零一，台北故宫博物馆。

阿里公园火车行，最美湖泊日月潭。

歌坛巨星邓丽君，可爱宝岛赞不完。

台北101楼高509米，地上101层，地下5层。

圣城拉萨

纳木错湖清澈明，布达拉宫阳光城。

人文历史大昭寺，藏药神奇医传承。

青稞酒·酥油茶，八角街市民俗风。

罗布林卡颐和园，哲蚌寺院云众僧。

布达拉宫是一座宫堡式建筑群。

长城

文明丰碑古长城，中华民族它象征。

烽火内外江山秀，宏伟壮观八达岭。

嘉峪关·丝绸路，雄关漫道真英雄。

世界之最尊华夏，尽显沧桑万里风。

长城，东起辽宁省丹东市的虎山，西至内陆地区甘肃省的嘉峪关。

赞黄河

千年文化风雨霜，穿过高原尽沧桑。

华夏历史母亲河，炎黄子孙你滋养。

气势豪迈行万里，两岸连绵稻花香。

波澜九曲山河染，奔流入海起苍黄。

黄河是中华文明最主要的发源地，中国人称其为"母亲河"。

长江情怀

哺育山川林五彩，

日月同辉记情怀。

千古风流华夏史，

恩泽子孙向未来。

三峡大坝

造福子孙防水患，两岸横跨巨龙栏。

不同凡响江上坝，建筑奇迹雄壮观。

泄洪排涝为民想，供电九州合家欢。

科学规划建新居，百万移民做奉献。

三峡大坝是目前世界最大的混凝土水利发电工程。

自然奇观

奔涌浪纵横，

波涛催轰鸣。

翻卷回头潮，

怒吼惊雷霆。

钱塘江大潮是由于月球和太阳的引潮力作用，使海洋水面发生的周期性涨落的潮汐现象。

百兽争雄 之 动物篇

藏獒

王者忠义野性傲，

强劲凶猛犬中骄。

背上平卷菊花尾，

雪域牧羊藏神獒。

———————

　　高贵的王者气质，
是举世公认的最古老、
最稀有大型犬种，被誉
为"东方神犬"。

雄狮

非洲猫物种，

猎杀它从容。

怒吼鸣千里，

狮王抖威风。

雪豹

脚掌发达尾尖翘，

攀爬腾跃崖中跳。

高山独居峭生灵，

珍贵稀少斑雪豹。

———————

它常在雪线附近和雪地间活动，故名"雪豹"。

长颈鹿

网斑旗舰物,

优雅踱方步。

刺槐作美食,

高大长颈鹿。

———————

"长着豹纹的骆驼"它们是世界上现存最高的陆生动物。

大迁徙

百万生灵草场迁,

狮豹猎狗会大餐。

鳄鱼杀戮马拉河,

塞伦盖提伊甸园。

展示了世界各地的
野生动物史诗般壮美的
大迁徙旅程。

北极生灵

候鸟蝶鱼独角鲸，

雪狼追赶驯鹿行。

象群日浴斑海豹，

麝牛银狐北极熊。

国宝熊猫

黑白分明竹围绕，

悠闲自得人气高。

呆头呆脑懒又慢，

行走内八扭臀腰。

圆圆脸颊胖乎乎，

旗舰物种中国宝。

和平使者五洲行，

憨态可掬大熊猫。

情满人间 之 社会篇

国 / 豪 / 诗 / 歌 / 旅途脉动

募捐

鲜花义卖玫瑰香，

慈善心愿爱无疆。

和谐神州皆兄弟，

万里比邻送安康。

故乡的河

冰城初春家务忙，
棒打衣衫坐河床。
鱼儿畅游鸭戏水，
波光柳绿凉花香。

南下心声

独闯江湖下江南，
此去他乡健身传。
业精于勤当铭记，
人生在世定自强。
金口煜烁一肩担，
艺技精湛两手传。
与时俱进奋朝夕，
红锦披身关再还。

秋韵

枫叶荡波碧，

雪花溅乱石。

哀鸣孤鸲鸟，

晚霞映染堤。

豪杰友情

春风摇叶梨花开，

鹏城一别年五载。

云游淮南复相遇，

回首论今畅情怀。

———————

2014年春，笔者出
游安徽与淮南企业家程
杰畅谈友情时创作。

思念

琴声悠悠意苍凉，
旷野犬吠夜色长。
举杯又觉蹄声近，
盼君快马回毡房。

笔者独自一人盼
望友人归来时创作。

穿越

旭染大漠州，
连绵金沙丘。
行者足迹远，
驼铃响半秋。

———————
浩瀚大漠给
人一种凄美的感
觉。

大漠历险

戈壁苍鹰绝，

百里炊烟灭。

飓龙从天降，

独闯风沙雪。

笔者在新疆戈壁自驾游时，突遇暴风雪，脱险后有感而发。

华夏文明

九州泼墨江山屏，

诗词绘画华夏兴。

笔墨纸砚东方韵，

文房四宝书豪情。

————————

中国汉族传统文化中的文书工具，即笔、墨、纸、砚。

中国象棋

楚汉界河争霸战，炮打隔子一条线。

八面威风马走日，九宫之内象飞田。

兵卒英勇不后退，一车出战十子寒。

支士护帅将运筹，攻防拼杀数千年。

　　在中国象棋棋战中，人们可以从攻与防、虚与实、整体与局部等复杂关系的变化中悟出某种哲理。

阅兵

戎装飒爽如天军，军旗一出鼓人心。

三军仪仗空陆海，二炮军魂寰宇惊。

阔步雷霆走方阵，蓝天惊雷是战鹰。

梦里飞花看今日，威武之师大阅兵。

———————

阅兵以示庆祝、致敬，展现部队建设成就，并可壮观瞻，振军威，鼓士气。

战鹰

一飞冲天露峥嵘，

穿云破雾展威风。

雷霆出击歼贰零，

战鹰本色是英雄。

用于在空中消灭敌机和其他飞航式空袭兵器的军用飞机，又称战斗机。

中国高铁

风驰电掣高科技,

自我研发全封闭。

乘坐平稳点个赞,

山河尽览真给力。

　　中国目前已经拥
有世界上最大规模以
及最高运营速度的高
速铁路网。

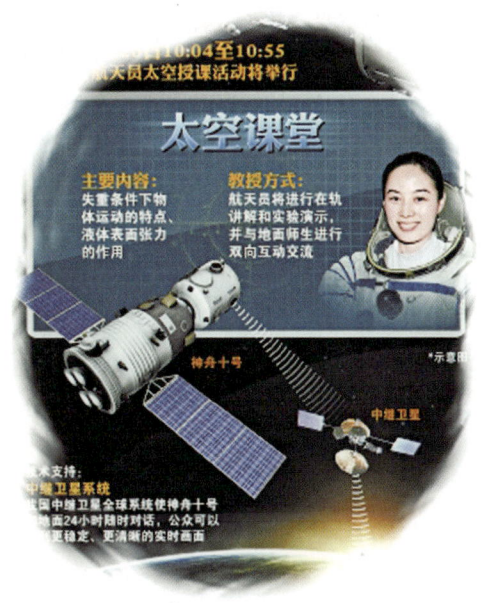

太空授课

拨云上九天，

授课太空间。

聆听中华语，

梦幻科学篇。

———

航天员首次
面向中小学生开
展太空授课。

青藏铁路

动车鸣笛过山冈，车厢里面唱吉祥。

世界屋脊行巨龙，幸福哈达送安康。

雪莲盛开迎亲人，旷野奔跑藏羚羊。

所到之处山河欢，圣城拉萨彩旗扬。

———————

青藏铁路被誉为"天路"。

南水北调

滋养丛林鸟欢唱，

灌溉农田秧苗壮。

城乡绿化家园美，

生态平衡祖国旺。

南水北调是缓解中国北方水资源严重短缺局面的战略性工程。

惠民工程

铁塔光缆高山架，

巍峨耸立很潇洒。

西电东送行万里，

惠民工程照万家。

———————

电力铁塔是在输电线路中，支撑导线之间、导线和地面建筑物之间保持一定安全距离的钢结构架。

广场舞

蹀步蹈春秋，

冬夏舞彩绸。

全民健身热，

大妈也风流。

———

广场舞是以娱乐身心和锻炼身体为目的的，非专业性的舞蹈艺术表演活动。

红木家具

质地坚硬红木称，

榫卯接口巧天工。

线条流畅精雕琢，

造型典雅古韵风。

———

红木家具是明清以来对稀有硬木优质家具的统称。

大闸蟹

张牙舞爪任驰骋，
绿色马甲威风横。
高烹挂红餐中秀，
鲜甜美味更养生。

秋收

麦浪万里香,

丰收粒归仓。

雀跃枝头乐,

屯粮在三江。

农耕

水孕叠梯堰，

好雨升云烟。

牛犁蓑笠翁，

波光万顷田。

网购

点击网游弋，品牌货对比。

无须费口舌，买卖随心意。

付款拔鼠标，秒杀价合理。

快递送上门，购物零距离。

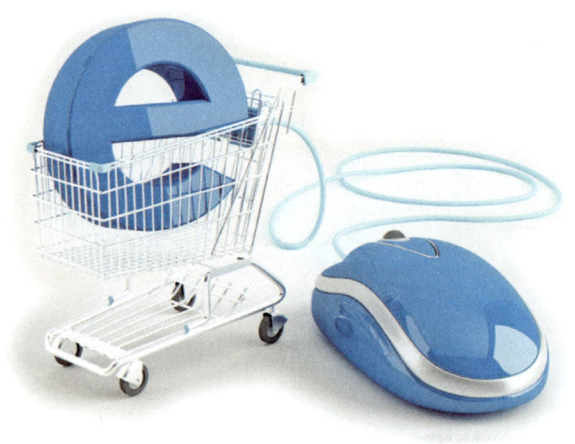

快餐

薯条可乐大汉堡，

炸鸡咖啡美佳肴。

领跑快餐全球售，

纸包百年麦当劳。

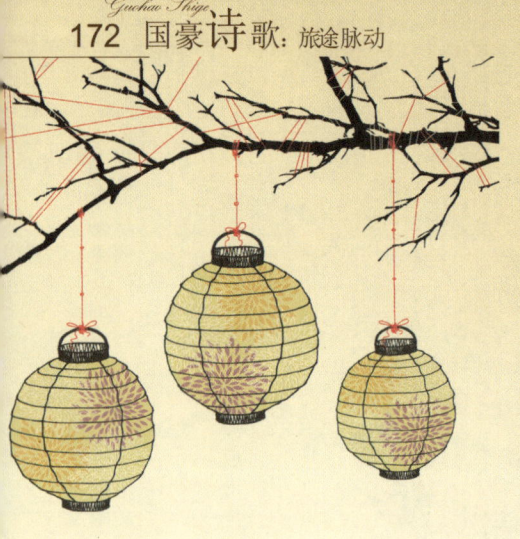

闹元宵

旱船逛御街，

灯谜任君猜。

元宵多欢乐，

秧歌似蝶来。

中秋节

中秋祭月上千年，
天涯此时共婵娟。
梅开并蒂佳人俏，
清风明月畅心田。
短信互发情谊牵，
月饼虽小亲意连。
莺歌良宵辉彻夜，
嫦娥飞舞庆团圆。

迎新年

月送欢歌锣鼓喧，

万象更新放花烟。

五洲同庆齐倒计，

跨年钟声闹新天。

华夏赛龙舟

众人划桨彩舟行，
水花四溅锣鼓鸣。
奋力拼搏齐呐喊，
千年文化龙传承。

———————

农历五月初五是
端午节，赛龙舟是端
午节的主要习俗。

各显其能

八仙过海显从容，

春秋盛世论英雄。

大千世界言真谛，

旅途脉动借东风。

作者巧用神话典
故书写了自己的精彩
人生。（紫嫣评语）